HORÁRIO NOBRE

RONALDO BRITO

HORÁRIO NOBRE

Labrador

© Ronaldo Brito Roque, 2024
Todos os direitos desta edição reservados à Editora Labrador.

Coordenação editorial PAMELA J. OLIVEIRA
Assistência editorial LETICIA OLIVEIRA, VANESSA NAGAYOSHI
Direção de arte e Capa AMANDA CHAGAS
Projeto Gráfico MARINA FODRA
Diagramação NALU ROSA
Preparação de texto CARLA SACRATO
Revisão DANIELA GEORGETO

Dados Internacionais de Catalogação na Publicação (CIP)
Jéssica de Oliveira Molinari - CRB-8/9852

BRITO, RONALDO
  Horário nobre / Ronaldo Brito.
  São Paulo : Labrador, 2024.
  94 p.

  ISBN 978-65-5625-668-9

  1. Ficção brasileira I. Título

  24-3585   CDD B869.3

Índice para catálogo sistemático:
1. Ficção brasileira

Labrador

Diretor-geral DANIEL PINSKY
Rua Dr. José Elias, 520, sala 1
Alto da Lapa | 05083-030 | São Paulo | SP
contato@editoralabrador.com.br | (11) 3641-7446
editoralabrador.com.br

A reprodução de qualquer parte desta obra é ilegal e configura uma apropriação indevida dos direitos intelectuais e patrimoniais do autor. A editora não é responsável pelo conteúdo deste livro.
Esta é uma obra de ficção. Qualquer semelhança com nomes, pessoas, fatos ou situações da vida real será mera coincidência.

1.

Parei de ir nas reuniões. Escrevia os textos em casa e mandava direto para o coordenador. Terminava lá pelas seis, depois ia para um bar ou café, pensar na vida, às vezes rascunhar meus romances. De noite voltava para casa e encontrava Melissa. Depois de dois anos, ela continuava linda. Agora estava estudando para o mestrado, queria dar aula de Teoria Literária. Eu achava estranho que alguém que nunca tinha escrito nem um conto quisesse ser professora de teoria literária. Mas nunca falei nada a respeito. Com o tempo percebi que eu queria ser escritor, e ela queria apenas ter bons empregos ligados à literatura. Víamos as Letras de forma muito diferente, conversar sobre isso seria um desastre. Ela não entendia a beleza da literatura, não sabia por que algumas pessoas precisavam escrever livros, transbordar sua imaginação, seus pensamentos e sentimentos, enriquecer o mundo com um mínimo de beleza e fantasia. A mera realidade nos sufocaria sem essas pessoas. Melissa era uma mulher alta, branca, de cabelos anelados. Vinha de uma família tradicional de Petrópolis. Talvez ela não precisasse de fantasia. A mera realidade podia bastar para ela.

Na cama ela nunca foi menos que perfeita. Quando viemos morar juntos, passei um período achando que eu estava no céu. Tudo era mais colorido, mais intenso. Eu pisava o chão com mais confiança, sabia que ele não ia cair, nem escorregar para os lados. Tinha uma mulher maravilhosa me esperando em casa, tinha um emprego que dava para pagar o aluguel e sobrava para a TV a cabo, móveis sofisticados, jantares em restaurantes caros. Enfim eu tinha amadurecido, tinha uma vida. Mas aos poucos fui percebendo que Melissa não era bem o que eu pensava. Ela não ligava para literatura. Lia apenas os livros que seus professores mandavam. Tinha feito Letras porque um dia pensara em morar fora. Não gostava de traduzir; traduzia pelo dinheiro, e dava aulas porque achava mais fácil que traduzir. Odiava os adolescentes que enchiam as redações com xingamentos americanos, *what the fuck, who gives a shit?* Se não fosse aquele corpo maravilhoso, acho que eu teria voltado a morar num quarto-e-sala em Copacabana. Mas havia certa ternura quando acordávamos juntos, uma ternura que eu podia não encontrar em outra mulher, por isso eu ia ignorando nossas diferenças, ia ofuscando minhas decepções em noites de sexo e manhãs de carinho, ou vice-versa.

2.

Antero foi um cara que conheci por acaso. Ele também era de Minas Gerais e também veio para o Rio de Janeiro pensando em ganhar a vida como escritor. Não foi bem isso que aconteceu, mas, no caso dele, acho que foi até melhor. Nos conhecemos num bar em Copacabana. Falamos sobre Nelson Rodrigues, Clarice Lispector, sobre Borges, que adorávamos. A partir daquele dia nos víamos quase toda semana. Eu entrava num bar e ele estava lá, ou, às vezes, eu estava num café, escrevendo alguma coisa no leptope[1], ele me via da rua e entrava.

Eu sabia que era você. Quem tem tempo para ficar num café, a essa hora da tarde, tentando achar a frase perfeita para um parágrafo que ninguém vai ler? Como você sabe que ninguém vai ler?, eu perguntava. É brincadeira, rapaz. Mas tenho a impressão de que a literatura está acabando. As livrarias estão fechando, e não vejo os jovens reclamando disso.

---

[1] Grafia recomendada pelo autor.

Quase sempre nossas conversas começavam assim, como se ele tentasse me dissuadir de escrever. Um dia me ocorreu dizer: todo escritor do mundo deve ter escrito com a sensação de que a literatura estava acabando. Ele quase gritou: bem pensado, rapaz! Dá um jeito de colocar isso num dos seus livros. Vai ficar interessante. Vou tentar, respondi, feliz com minha descoberta. Prometo que vou tentar. E já fechei o leptope, sabendo que ele ia me chamar para um bar.

De vez em quando, eu mostrava meus contos para ele. Está indo bem, ele dizia, continue. Eu desconfiava que ele não gostava do que eu escrevia. Ou talvez já estivesse cansado de literatura, já tinha lido de tudo, e um continho de quem estava começando não podia lhe trazer nenhuma novidade.

Um dia ele me deu um de seus livros. Era sobre um cara que teve uma infância feliz em Minas Gerais, depois veio para o Rio tentar a vida como jornalista. Trabalhou no setor policial, foi perseguido por gente do tráfico, que achava que ele era um delator, passou maus bocados até conseguir escrever um livro e iniciar uma carreira literária. Para falar a verdade, era um livro bem fraquinho. Quando Antero pediu minha opinião, obviamente, eu disse que era ótimo, cheio de reviravoltas, de surpresas interessantes. Um livro que tinha vendido o bastante para dar entrada num apartamento, como ele dizia no final. Ele riu escancaradamente. Depois perguntou: você sabe que isso é tudo invenção, não sabe? Eu só consegui dar entrada num apartamento depois que trabalhei para a televisão. O livro não me rendeu quase nada, apenas um namoro com uma professorinha que ficou impressionada quando soube que eu também era escritor, também era capaz de fantasiar, de viajar internamente, não apenas de falar da triste realidade criminal do Rio de Janeiro. E você se entendeu com essa professorinha? Não deu. Ela tinha um pouco de cultura, mas era muito feinha. Não despertava minha libido. Gostei da sinceridade, e acreditei ter encontrado alguém como eu. Alguém que não suportava a mera realidade, precisava criar, fantasiar, viver internamente outras vidas. Eu sou como você, disse. A realidade me enlouquece. Preciso criar algumas fantasias para me proteger. Não exagera, ele falou. Escrevo para fugir um pouco da realidade, mas sei o caminho de volta, não me perco na fantasia. Eu sou diferente, confessei. Escrever é vital para mim. Quando não estou escrevendo, nem fazendo amor, sinto que estou vivendo pela metade. Ele riu novamente, depois perguntou se eu já estava pensando em trabalhar. Eu disse que procurava um emprego banal, que exigisse pouco de mim, justamente para escrever nas horas vagas. Ele fez um longo silêncio, depois sentenciou: você tem que conhecer um amigo meu. Ele está montando uma equipe para um programa de televisão. Eu tentei descartar. Televisão não é o meu forte. Eu gosto da palavra escrita. Pense bem, ele disse. Você não tem que ficar nessa para sempre, mas pode ser um bom começo. E, afinal, livro pode ser gostoso de escrever, mas normalmente não paga nem o aluguel.

Eu concordei. Talvez fosse um bom começo. E trabalhando para a televisão, talvez eu tivesse mais ideias para escrever. Vamos para o carro, ele disse. Chega de beber por hoje. Pensei que ele ia me deixar em casa, mas rumamos para um apartamento em Ipanema. Fomos recebidos por um casal, um homem de uns cinquenta e poucos anos, gordinho, e uma mulher mais ou menos da idade dele, não propriamente gorda, mas com o rosto inchado e as sobrancelhas extirpadas e pintadas.

Ali começamos uma estranha conversa sobre literatura e cinema. O casal fazia perguntas minuciosas. Quando eu mencionava um livro, queriam saber o que eu tinha achado, o que achei de tal personagem, o que achei do final. Perguntaram sobre outros livros, alguns americanos, que tinham virado filme. Eu disse honestamente que não lia tais livros. Preferia textos com muita narração e quase nada de diálogo. Os livros que viravam filme normalmente tinham muito diálogo, mas pouco espaço para o mundo interior dos personagens. Acho que não gostaram dessa observação.

Quando eu falei em Nelson Rodrigues, eles queriam saber se eu tinha lido as peças ou visto no teatro. Fizeram mais e mais perguntas sobre suas peças, questionaram o que eu sabia da vida dele. Enfim, me vasculharam bastante. Quando começamos a nos despedir, Antero pediu que eu o esperasse no carro. Obedeci como um filho. Alguns minutos depois ele chegou na garagem do prédio, entrou no carro e disse: você está contratado. Para quê?, eu perguntei, surpreso. Você sabe o que é uma telenovela? Eu levei um susto. Disse que nunca tinha escrito nem uma peça, não me considerava capaz de escrever uma telenovela. Calma, rapaz. Você vai ser membro de uma equipe. Não fiquei feliz com essa ideia, mas lembrei do que ele tinha dito algumas horas antes. Pode ser um bom começo. Tendo isso em mente, eu disse que estava muito contente, não sabia como agradecer. Ele disse que a melhor forma de agradecer era fazer um bom trabalho. Não me decepcione. Esse pessoal me conhece, trabalhei muitos anos com eles. Eu disse que ia fazer o meu melhor, mas logo comecei a tremer. Quando cheguei em casa, percebi que nem tínhamos falado em dinheiro. Eu não fazia a menor ideia de quanto ia ganhar, e ainda estava tremendo.

3.

Alguns dias depois, conheci o coordenador, que me deu uma visão geral do projeto, explicou várias coisas e me mandou escrever algumas falas. Depois de algumas semanas escrevendo para ele, eu senti certa segurança, senti que dava para fazer aquele trabalho, mas ainda não falei em dinheiro, não queria ser o primeiro a falar nesse assunto. Certo dia, numa reunião com outros membros da equipe, ele passou um papel para anotarmos nossa conta-corrente, CPF e outros números. Disse que o pagamento seria no início do próximo mês. Nisso fazia mais ou menos um ano que eu namorava Melissa. Já tínhamos feito amor várias vezes, e eu estava convicto de que ela era a mulher da minha vida. Ela dividia apartamento com duas amigas, e estava sempre reclamando das garotas. Não via a hora de ter seu espaço. Quando vi o dinheiro que entrou na minha conta, a primeira coisa que passou pela minha cabeça foi chamá-la para dividir um apartamento. Ela disse: só se for para ficar mais perto da faculdade. Eu concordei imediatamente. Não cogitei que essa resposta parecia a de alguém que não me amava.

Também não estranhei o fato de ela não perguntar como eu estava ganhando dinheiro. Tudo foi parecendo muito natural. Sábado à tarde, passávamos nas lojas para escolher móveis. Quando me dei conta, estávamos fazendo amor numa cama de casal.

4.

A faculdade foi chegando num momento em que só se falava de pedagogia, um assunto que não me interessava. Essa foi uma boa desculpa para abandoná-la. Eu me sentia livre para fazer isso, agora que já estava trabalhando. Melissa ficou preocupada, todo dia perguntava sobre meu trabalho. Eu não queria falar que escrevia parte da novela[2]. Temia que ela ficasse me perguntando o que ia acontecer, que ela quisesse ver junto comigo, saber que parte eu havia escrito, essa coisa toda. Então inventei que eu estava trabalhando no arquivo da TV Revel, um enorme arquivo digital sobre as telenovelas, os atores, os autores, as trilhas sonoras, tudo. Parte desse arquivo seria disponibilizada na internet, para os fãs, e o material analógico seria doado para o Museu da Imagem e do Som, para consulta de historiadores e pesquisadores.

Essa mentira pegou fácil, talvez porque ela quisesse acreditar que eu tinha um bom emprego, ou talvez porque

---

[2] O autor às vezes utiliza a palavra novela no sentido de telenovela.

o nome TV Revel a deixasse simplesmente deslumbrada. Ela nasceu em Petrópolis mas morava havia muito tempo no Rio. Era praticamente uma carioca. E todo carioca sonha em trabalhar para a TV Revel. Essa empresa gera uma espécie de gravidade na cabeça deles. Quem trabalha nela é considerado vencedor. Distorcendo um pouco os fatos, consegui dizer que eu trabalhava na empresa, sem dizer o que eu realmente fazia. Senti que Melissa ficou orgulhosa. Ganhei noites de uma volúpia dedicada e ardente. Acho que foi aí que comecei a entender as mulheres. Tenha um bom emprego, pague as maiores contas, e os prazeres da cama estarão inteiramente disponíveis para você. A mulher de verdade ainda é ancestral, busca um provedor, e só para ele entrega suas delícias.

5.

De vez em quando eu saía para caminhar e encontrava Antero. Ele morava no subúrbio mas costumava ir a Copacabana para beber e conversar com amigos. Era mais entendido em filmes brasileiros e europeus. Eu, até com certa vergonha, falava de filmes americanos que tinham me marcado. Ele fazia umas perguntas técnicas, queria saber se o personagem principal era herói ou anti-herói, se o ápice chegava no final ou no meio, coisas do tipo. Eu dizia que era intuitivo, não costumava reparar nessas regras. Um dia ele falou: é melhor você comprar um bom manual de roteiro. Os autores de novela agora seguem esse tipo de coisa. A novela está virando um grande filme arrastado, com muita patuscada e pouca reviravolta. Eu disse que não me interessava pela estrutura da novela. Queria fazer um bom trabalho, escrevendo minha parte, mas, tão logo eu acumulasse algum dinheiro, ia deixar a televisão para escrever meus livros. Você deve estar de brincadeira, ele falou. Livro não dá em nada. Eu já fui escritor e não ganhei nem o bastante para dar entrada num apartamento. Eu disse que ainda não sabia como resolver essa questão, mas novela não era a minha praia, não me dava nenhum orgulho, era um gênero cômico com pouco ou nenhum espaço para a vida interior. Eu estava trabalhando naquilo apenas para ganhar dinheiro, não ia seguir carreira. Ele bebeu, pensou um pouco e falou: você é louco. Acrescentou que estava decepcionado comigo. Achava que eu tinha talento e inteligência. Agora estava vendo que eu tinha apenas talento. Eu não fiz caso disso. Pelo menos tenho talento, falei. Já é alguma coisa. Mas é pouco para os dias de hoje, ele disse. Talento apenas não basta. É preciso saber onde aplicá-lo. Eu disse para ele não se preocupar com isso. Eu ia escrever meus livros, se não desse dinheiro, era eu que tinha que descobrir como me virar. Não era problema dele. Ele disse que eu tinha razão, mas estava decepcionado. Ficou repetindo que tinha achado que eu era um cara inteligente. Eu bebi mais um pouco e dei um jeito de me despedir.

    Naquele dia percebi que íamos nos afastar. Ele gostava muito desse barato de trabalhar para uma grande empresa, ter colegas de trabalho, ser parte de um grupo. Eu queria trabalhar para mim mesmo, dar satisfação somente a mim. Voltei para casa caminhando, pensando que talvez fosse a última vez que o tinha visto.

    Chegando em casa, encontrei uma Melissa diferente. Ela queria saber onde eu estava, com quem, e por que estive bebendo. Ela estava começando a perceber que eu não tinha um emprego normal, e isso acionava seu alarme natural de fêmea.

Você podia me dar pelo menos o telefone do seu chefe. E se eu precisar falar com você? Se eu sofrer um acidente ou coisa parecida? Meu amor, você não vai sofrer um acidente. Não fala isso. Eu a abracei, fingindo preocupação. Me dá o telefone, fala logo. Não é possível que o setor onde você trabalha não tenha telefone. Peguei meu celular, achei o telefone do Bernardo e ditei os números. Bernardo Tavares era o coordenador de roteiro. Era para ele que entregávamos nossas falas, ele dizia o que estava bom e o que precisava mudar. Ela me perguntou qual o cargo, eu falei que era simplesmente meu chefe. Vou colocar aqui "chefe de arquivo", ela falou. Tanto faz, respondi. Qualquer coisa, você liga para ele e pede para falar comigo. E logo que disse isso, já me arrependi. Seria melhor que ela não tivesse contato com ninguém da empresa. Tendo um telefone, mais cedo ou mais tarde ela ia ligar para sondar alguma coisa. Bernardo provavelmente ia falar para eu voltar a frequentar as reuniões. Ela ia ficar do lado dele, e eu teria que inventar desculpa para duas pessoas. Seria mais difícil.

Uma semana depois que lhe dei o telefone, exatamente uma semana, Melissa ligou para Bernardo. Em seguida ele me ligou. Disse que minha mulher havia ligado e perguntado por mim. Sem saber o que dizer, ele falou que eu tinha tirado o dia de folga. Como eu esperava, ele disse para eu voltar a frequentar as reuniões. Fiquei um pouco chateado, mas compreendi que a vida de casado tem seus inconvenientes. Eu não era casado com

Melissa, apenas morávamos juntos, mas na prática dava no mesmo. Quando cheguei em casa, ela me perguntou por que eu tinha tirado folga naquele dia. Meu amor, não seja ingênua. Eu não tirei folga nenhuma. Você deve ter ligado numa hora em que meu chefe não estava na empresa. Ele simplesmente não quis te contar. Achou mais fácil falar que eu estava de folga e ponto-final. Melissa ficou desconfiada, mas não estendeu o assunto. Foi para a sala e ligou a televisão. Estávamos no horário nobre, eu pedi para ela colocar no canal da novela por um instante, só para vermos o que estava acontecendo. Desde quando você gosta de novela? Não gosto, mas às vezes tenho curiosidade. Estava passando a cena em que Rigolé pedia dinheiro emprestado à esposa. Ela hesitava, pedia explicações. Ele dizia que ia fazer um investimento em sucos congelados. Aquilo estava vendendo mais que cachaça, não tinha como perder. Eu me lembrava de ter escrito aquela cena uns quinze dias atrás. Não é verdade, falei. Ele vai gastar esse dinheiro com a amante. Como é que você sabe? Você tem acompanhado a novela? Não demorei um segundo para inventar uma desculpa: amor, você sabe que os bares têm televisão. Às vezes eu fico até mais tarde e acabo vendo um capítulo. Melissa pareceu surpresa. Você, que odeia televisão, agora gosta de novela? Ainda quero ver o que vou descobrir sobre você. Eu aproveitei a oportunidade: que bom. Pelo menos você ainda tem alguma curiosidade sobre mim. Sentei no sofá, abracei-a, beijei seus ombros.

Ela também me beijou, talvez de olhos abertos, porque conseguiu pegar o controle e desligar a televisão. Sem mais perguntas, utilizamos o sofá.

6.

Rigolé era o meu personagem. Era o típico malandro carioca. Vivia de pequenos golpes, alugava apartamento que não era dele, contrabandeava bebidas e coisinhas de Minas, explorava sua mulher, pedia dinheiro emprestado, que acabava gastando com uma amante, uma menina pobre, que se relacionava com ele na base de presentinhos: celulares, roupas e bolsas caras que ele pagava com prazer, em troca de sapecações no carro e noites em motéis.

A menina era bonita, interpretada por uma atriz bem treinada, que, provavelmente, estaria em outra novela com um papel parecido. Mas eu não diria isso de Rodinei, o ator que fazia Rigolé. Ele era um canastra, usava apenas certos trejeitos e chavões que agradavam a um público mais baixo. Seu personagem era casado com Valentina, uma coroa que nunca teve namorado, por isso mesmo vivia deslumbrada com ele, chamando-o de nomes românticos, fazendo questão de abraçá-lo e beijá-lo em público, para mostrar às amigas que finalmente tinha conseguido um homem. Rigolé a usava, dando o mínimo de carinho e sexo para obter o máximo de dinheiro e status, já que no seu bairro ser casado com uma dona de salão tinha lá seu prestígio. Não era difícil escrever suas falas. Bastava pensar num homem pobre, que não gosta de trabalhar e só consegue dinheiro explorando uma mulher ou transgredindo certas leis. Um tipo traiçoeiro, capaz de matar um amigo ou bater numa mulher, se a coisa ficasse feia para o lado dele. Era um trabalho fácil, mas ingrato. Não me dava nenhum orgulho. Eu estava louco para que a novela acabasse e assim pudesse começar a escrever meus próprios livros.

Eu queria escrever estórias sobre pessoas que viviam uma situação transformadora. A estrutura da novela não combinava com isso. Os personagens eram estereotipados. Precisavam entrar e sair do mesmo jeito. Eu já estava cheio daquilo, por isso vibrei quando o coordenador me chamou numa reunião, para dizer pessoalmente que Rigolé precisava morrer. O público da novela não estava gostando dele. Eu tinha que inventar como seria a morte, depois escrever a cena.

Saí dessa reunião feliz como uma criança. Voltando para casa tive uma ideia de como matá-lo. Cheguei antes de Melissa, mergulhei no computador e escrevi a cena. Em seguida mandei para o coordenador. Agora bastava esperar. Depois que a cena fosse rodada eu provavelmente seria demitido. Estaria livre para escrever o que vinha na minha cabeça, em vez de simplesmente remendar um personagem na criação dos outros.

7.

No dia seguinte recebi um emeil[3] dizendo qualquer coisa com a palavra urgente. Por instinto, fui para o apartamento onde se realizavam as reuniões. Acabei descobrindo que lá era a própria residência do coordenador.

Bernardo, muito paciente, sentou comigo e explicou que a morte do grande canalha não podia ser da forma que eu tinha escrito. Havia armas, havia confronto com a polícia, isso não era adequado para o horário nobre. Eu tinha que pensar em outro final. Não podíamos passar a ideia de que a polícia cometia seus excessos. Isso era coisa para filmes de esquerda.

Pessoalmente, Bernardo era bem diferente de quando comandava as reuniões. Era mais gentil, falava num tom mais confiante e menos autoritário. Perguntei se ele preferia uma morte por doença, ele disse que não, que isso não convinha ao personagem. O vilão tinha que morrer de morte violenta, mas não pelas mãos da polícia. Uma ideia

---

3   Grafia recomendada pelo autor.

se esboçou imediatamente na minha cabeça, um confronto por causa de mulher. Falei com ele que estava tudo bem, até umas cinco da tarde o texto estaria nas mãos dele. Ele perguntou se eu queria escrever ali mesmo, em seguida me mostrou o apartamento. Além da sala de reuniões, havia um quarto grande, com uma mesa e um computador, e uma copa, onde uma empregada já estava trabalhando. Eu disse que preferia escrever em casa, porque, na verdade, eu ia escrever durante a caminhada, vendo as cenas na minha cabeça, e em casa eu ia apenas passar o texto para o leptope. Ele riu e disse: você tem cara de trabalhar assim mesmo.

Aproveitei a descontração para falar no problema que eu estava tendo com minha mulher. Ela andava desconfiada, achava meu trabalho muito estranho, sem hora para sair, sem o telefone de uma secretária ou coisa parecida. Acho que ela está pensando que eu inventei este emprego, falei. Ele riu, disse que isso era coisa fácil de resolver. Poderíamos jantar juntos no sábado ou almoçar no domingo. Assim ele conheceria minha esposa e eu conheceria a namorada dele. Fiquei muito feliz com a ideia, porque sabia que aquilo deixaria Melissa feliz. Como se não bastasse, ele acrescentou: se ela ainda ficar na dúvida, vamos levá-la no meu quarto, e entrou comigo num quarto enorme, com cama de casal, poltronas e paredes apinhadas de fotos. Ele, atores de televisão, empregados da produção, crianças que deviam ser também atores ou filhos de atores eram o recheio dessas fotos. Como eu era um desinformado total, não sabia o nome de nenhum daqueles rostos, mas podia reconhecê-los de comerciais, de filmes e de cenas da televisão que, de alguma forma, tinham chegado aos meus olhos. Fiquei ainda mais contente porque sabia que Melissa ia adorar esse tipo de coisa. Agradeci de forma honesta, e talvez demorada, porque ele me lembrou que eu ainda tinha um texto para entregar. E tinha que ser até as seis.

No caminho para o restaurante, dei o azar de encontrar Antero e tive que me desvencilhar. Eu disse que não podia conversar, tinha um texto urgente para entregar no fim da tarde. Ele riu e disse: eu sei, você tem que matar Rigolé. Na voz dele, essas palavras pareciam absurdas. Como você sabe?, perguntei. Ora, meu caro, eu vejo novela e estou percebendo que esse ator não dá conta do recado. Ele é muito incoerente, apenas repete uns trejeitos de comediante, e na hora de fazer uma cena séria, ele fica estático, sem expressão, parece um figurante ou um estranho mordomo. Está dando para ver que ele está muito abaixo do nível da novela. Lembrei que Antero já tinha trabalhado na TV Revel, ele devia saber do que estava falando. Quanto a mim, queria me livrar do personagem por causa do seu baixo nível moral. Não me importava que ele fosse interpretado por um mau ator.

Fui caminhando para o restaurante e imaginando Rigolé chegando na casa da sua jovem amante, com um presentinho, para fazer surpresa. Mas é ele que leva surpresa, encontrando outro homem na cama dela. E esse homem parece não ligar para o argumento de que Rigolé está com ela há mais de um ano. Esse homem levanta para se vestir, e perto das suas roupas está um clássico revólver calibre trinta e oito. Esse mesmo homem, agora vestido, não tem o menor pudor em apontar a arma para Rigolé, tranquilo como se fosse acender um cigarro. Rigolé sai correndo para fora de casa, e joga o presentinho para o alto, que o homem estraçalha com um balaço, para dar mais emoção à cena. Rigolé atravessa a rua correndo, para entrar num ônibus ou num bar ou se jogar no chão, mas o motorista do ônibus não tem tempo de frear e acaba fazendo sem querer o que o amante da garota apenas fingia que faria. Um atropelamento na rua sempre gera uma aglomeração e dá espaço para últimas palavras. Nessas eu pensaria em casa, porque estava com fome e queria almoçar.

Eu estava com o dia praticamente ganho quando Melissa me ligou, perguntou se eu estava trabalhando, e eu disse que sim. Ela falou que estava ouvindo barulho de carro pela ligação. Você está na rua? Eu disse para ela comprar um vestido novo, porque tínhamos um jantar para ir no sábado. Um jantar com o meu chefe, ela não podia faltar. O quê? Jantar com o chefe? Mas eu não estava esperando. Será que consigo achar um vestido legal até sábado? Consegue, amor, claro que consegue. Falamos outras bobagens, ela queria saber que roupa eu ia usar, se precisava comprar para mim também, essas coisas. Eu disse que lhe mostraria quando chegasse em casa.

Assim que cheguei, ela jogou minhas camisas na cama, apontando qual eu podia, qual eu não podia usar. Por fim, decidiu que eu não podia usar nenhuma, e seria melhor ela comprar uma nova para mim. Me abraçou, me beijou, senti seu nervosismo e sua felicidade. Refleti que para fazer uma mulher feliz basta ter um bom emprego.

8.

No oitavo andar, tocamos a campainha. Bernardo nos atendeu de camisa de malha, bermuda e sandálias, definitivamente não era um sujeito formal. Melissa pode ter se odiado por ter ficado horas escolhendo um vestido. Passamos pela sala de reuniões. Eu disse: é aqui que eu trabalho. Bernardo acendeu as luzes, Melissa perguntou: mas não tem computador, não tem arquivo, não tem nada? Eu disse: aqui fazemos apenas as reuniões. Bernardo completou: cada redator tem seu próprio leptope. Melissa disse: aaaahhhnnn. Alguma questão deve ter se saciado na cabeça dela. Alguma pergunta que ela nem chegou a me fazer.

Passamos para a copa, depois para outra sala, quase do tamanho da sala de reuniões, que eu não cheguei a ver no outro dia. Era um cômodo com cara de sala de visita, sofá, estante, quadros na parede e uma enorme luminária de cobre. Uma loira magra, alta como Melissa, se levantou de um dos sofás. Esta é a Susana, minha namorada, disse Bernardo. Eu lembrei que não tinha apresentado Melissa. Falei: esta é Melissa, minha esposa. Bernardo falou: deu para notar. Rimos um pouco, e a copeira nos trouxe drinques.

Melissa agradeceu e ficou conversando com Bernardo e sua namorada. Eu fiquei passando os olhos na estante. Quase todos os livros eram biografias de atores famosos, nacionais ou americanos. Alguns eram sobre diretores americanos e franceses, outros sobre Tom Jobim e Chico Buarque. Não havia um único livro sobre literatura brasileira.

Sem tirar os olhos da estante, notei que Bernardo estava falando da importância do sigilo na nossa profissão. Disse que o grande público ficaria decepcionado se soubesse que a novela não tinha um único autor. O grande público não sabe que o que faz uma novela são os personagens, os cenários e os conflitos centrais. Uma vez que isso esteja traçado, o resto pode ser feito por auxiliares. É até melhor que seja assim, ele enfatizou. Nós trabalhamos com prazos inadiáveis. Se um dos redatores ficar doente, outro pode tomar seu lugar. Eu ri por dentro, pensando que eu jamais havia pensado nisso. Nunca me perguntei o que aconteceria se eu ficasse doente. Mas Melissa não devia estar entendendo direito, porque eu não tinha dito que eu era um dos redatores. Esperei alguns segundos e falei: você viu o que ele disse, amor? O sigilo é muito importante nesse trabalho, por isso eu ainda não tinha te contado. Contado o quê?, ela perguntou, confusa. Que eu sou um dos redatores. Eu trabalho na novela. Melissa ficou pálida por alguns segundos, estupefata. Quando enfim seus olhos piscaram, ela perguntou: novela das oito? Eu disse: sim. Uma gargalhada sonora ecoou na sala. Uma que eu nunca tinha visto nos lábios dela, eu que morava com ela havia mais de dois anos. Bernardo interrompeu: espera aí, deixa eu ver se eu entendi: ela não sabia que você era um dos redatores? Eu disse que não. Ele riu, quase tão alto quanto ela. A loira riu também, fingindo compreender, até que por fim disse que não estava entendendo nada. Melissa arriscou: então é por isso? É por isso que você anda vendo novela? Não acredito. Bernardo perguntou, ainda rindo: eu estou entendendo direito? Você não tinha contado nem para ela? Meu Deus, isso é fantástico. Nunca vi ninguém levar o sigilo tão a sério. Todos rimos, exagerando de propósito, até a loira que não estava entendendo nada.

Para mudar de assunto, perguntei desde quando aquele trabalho era assim, desde quando a novela tinha mais de um redator. Bernardo disse que tudo começou quando contrataram uma argentina para escrever a novela, e ela precisava de um tradutor. Porém o tradutor que eles arrumaram mudava algumas coisas porque achava que não estavam adequadas à realidade brasileira. No fim, tudo deu certo, o diretor gostou, o público gostou, e aquele autor passou a assessorar outros autores que começavam na empresa. Mas ele mesmo contratava alguns auxiliares para escrever a parte dele, e o número de auxiliares foi aumentando a cada novela, até que alguém apareceu com a ideia de cada auxiliar escrever no máximo um personagem ou um casal. E, olhando para mim, ele disse: como o seu personagem tem uma mulher e uma amante, você teve que ficar com três. Eu respondi: a amante quase não aparece. Bernardo disse: eu sei. Se ela aparecesse muito, precisaríamos de outro redator. Aliás, esse é o motivo de vocês não terem contato com os atores. No passado, os atores, principalmente as atrizes, tentaram influenciar os redatores para ganhar mais espaço de tela. O resultado foi terrível, os redatores acrescentaram monólogos chatíssimos, detalhes irrelevantes, e a novela se estendeu além do prazo. Depois descobriram que os redatores andavam de namoricos com as atrizes. Melissa olhou para mim, com cara de professora brava. Eu disse: hoje em dia ninguém conhece ninguém. As atrizes nem sabem nosso nome. Bernardo acrescentou: tem que ser assim. Se o ator conhecer o redator, ele pode tentar ganhar mais espaço para seu personagem. No cinema isso não acontece. Não dá tempo. Mas a novela, como é escrita ao longo da produção, acaba dando margem para esse tipo de coisa. Eu já sabia daquilo, já tinha ouvido em várias reuniões, mas Melissa parecia encantada em ouvir esses segredos dos bastidores.

 A copeira trouxe mais drinques e canapés, sentamos no grande sofá em L. Bernardo começou a contar histórias engraçadas de cenas que deram errado ou de briguinhas entre atrizes. Quando passamos para a sala de jantar, a mesa já estava posta e a noite já estava com ares de um evento normal entre patrão e empregado. Bernardo contando histórias de novelas anteriores, eu ouvindo como se tivesse algum interesse, Melissa ouvindo com sincero interesse, e, de quando em quando, eu tentava lembrar o nome da loira, para não fazer feio na despedida.

 Tudo foi perfeito. Na despedida lembrei o nome de Susana e Bernardo lembrou o nome de Melissa. Cheguei a pensar que era uma pena eu não ficar na empresa por mais tempo, mas eu já tinha matado Rigolé e provavelmente seria dispensado na próxima semana. Eu tinha uma reserva para pagar o aluguel, que duraria uns seis meses. Depois disso eu realmente não sabia o que ia acontecer. Se eu não arrumasse outro bom emprego, teria que me mudar da zona sul, e aí Melissa provavelmente terminaria comigo. Eu a conhecia de perto. Sabia que mulheres como ela não costumam colocar o amor acima do nível social.

Para não estragar aquela noite, não falei nada sobre isso. Pensei em deixar para falar quando eu fosse realmente dispensado. Quando entramos no táxi, Melissa veio com uma pergunta estranha: amor, eu ouvi errado ou você me chamou de esposa, quando me apresentou ao seu chefe? Ouviu certo, eu te chamei de esposa. E quando foi que você casou comigo? Nós apenas moramos juntos, esqueceu? Não esqueci, amor. Naquele momento não fazia diferença. Não estávamos preenchendo nenhum formulário para empréstimo ou coisa parecida. Mas são coisas diferentes. Ainda não somos casados. Não exagera, amor. Não é toda hora que as pessoas querem saber desse detalhe. Mas tem que falar a verdade. Quando te contrataram, perguntaram se você era casado ou solteiro? Perguntaram. Eu disse que era casado. Eu moro com você, para mim é a mesma coisa. Mas não é. Você tem que corrigir isso. Para fins jurídicos, você ainda é solteiro. Tudo bem, na segunda-feira eu ligo para lá e corrijo. E da próxima vez que eu te apresentar a um amigo, eu digo que você é minha namorada, como o

Bernardo fez com a Susana. Ah, é? É assim que você vai resolver esse detalhe? Como você gostaria que eu resolvesse? Ah, Rodrigo... Só você mesmo. Deixa pra lá. Não, me fala. Como você quer resolver esse detalhe? Deixa de bobagem, outro dia a gente conversa. Entrando em casa, ela se trancou no banheiro. Eu entrei no quarto, tirei a camisa que ela tinha comprado para mim, uma camisa estampada em cores escuras, muito bonita, e me deitei, morrendo de sono. O dia tinha sido duro para mim. Sou do tipo que se cansa fácil em conversas fúteis. No dia seguinte, ou talvez alguns dias depois, eu ia ver que tipo de providência esse negócio de "esposa" ia exigir de mim.

9.

Melissa foi passar o fim de semana na casa da mãe. Provavelmente queria contar a novidade sobre meu trabalho. Eu fiquei em casa, aleguei que precisava entregar um texto na segunda-feira. Era mentira. Fazia alguns dias que eu não recebia instrução nenhuma da empresa. No início da noite fui para um bar tomar um aperitivo. De lá fui para um restaurante, de onde liguei para Melissa, falei qualquer coisa e disse que já estava indo para casa. Ao sair para a rua, notei uma dessas danceterias enormes, que costumam ter uns três ambientes, com músicas diferentes em cada salão. Fazia muito tempo que eu não dançava. Do lado de fora se ouvia uma batida nervosa, estimulante. Meus pés, por instinto, começaram a se mexer. As pessoas da fila estavam vestidas mais ou menos como eu. E eu estava de sapato, calça verde-oliva e com a camisa estampada que Melissa havia me dado. Entrei na fila quase naturalmente, pensando em dizer, mais tarde, que eu tinha encontrado uns amigos do tempo da faculdade. No entanto, lá dentro, não vi ninguém que eu conhecesse. Fui para o salão de música brasileira, cantei junto algumas canções, sacudi os braços, balancei os quadris. Fui, por alguns minutos, o garoto de alguns anos atrás. Senti falta de Melissa ou de uma companhia feminina. Pensei que da próxima vez viria com ela. Quando me cansei, fui para um balcão pegar uma água mineral. Um vulto se aproximou pelo meu lado e disse: não acredito, não acredito que te achei aqui. Olhei para a direita e vi ninguém menos que Rodinei, o ator que fazia o Rigolé. Ele estava sorrindo e, na meia-luz, seu riso era bem mais claro que a pele. Que surpresa, eu disse. Enfim vou te conhecer pessoalmente. Ele estendeu a mão: você não imagina como estou feliz em te ver. Sabe que ninguém da empresa tem seu telefone? Vocês, da redação, parecem uma sociedade secreta. Eu tive que molhar a mão de um cara para ver uma foto sua.

    Gostei de saber que eu era de uma sociedade secreta, mas preferia que ele não tivesse falado em telefone. Na minha cabeça, ele já tinha morrido, e não era bom que um morto quisesse me ligar. Você mora aqui perto?, ele perguntou. Não, amigo. Eu moro longe, muito longe. E, para falar a verdade, eu já estava indo para a casa. Vamos combinar outro dia. Sábado que vem, talvez eu volte aqui e traga minha namorada. Paguei a água e fui andando para a saída. Sim, sim, outro dia, ele foi falando e andando atrás de mim. Era isso que eu esperava de você: outro dia. Na rua, fiz sinal para um táxi. Quando o carro parou, eu disse: me dá seu telefone. Ele foi para o outro lado do carro, abriu a porta e entrou. Eu te dou meu telefone aqui dentro, falou. Meu Deus, é um mestre da perseguição, pensei. Entrei no táxi, ele falou os números, eu gravei no celular, depois disse ao taxista para onde eu ia. Ele acrescentou rapidamente: também vou para lá. Mas, durante o trajeto, ele soltou de repente: escuta, cara, tenho tanta coisa para te falar. Não vai dar tempo aqui no táxi. Vamos dar uma esticada na casa de uma amiga minha. Ela também é atriz, está a par de tudo. Ela vai saber explicar até melhor que eu, você vai ver.

Ela também é atriz? Está a par de tudo? O que seria esse tudo? Essas frases excitaram minha curiosidade. E, afinal, não havia mal em conversar com ele. Eu já estava praticamente fora da empresa. Não corria o risco de ser demitido. Tudo bem, eu disse. Vamos dar uma esticada na casa da sua amiga. Eu dancei muito, estou agitado. Seria bom beber alguma coisa. Eu sei, ele disse, uma coisinha para relaxar. Na sequência mandou o taxista tocar para a Barra. Só então percebi a besteira que eu tinha feito. Para ir à Barra e voltar para casa, eu levaria no mínimo duas horas. Se Melissa me ligasse, eu teria que explicar por que não estava em casa. Por instinto, enfiei a mão no bolso e desliguei o celular.

10.

O apartamento ficava no décimo andar. No longo silêncio do elevador, pensei em perguntar se ele já tinha gravado a cena da morte. Mas de repente me ocorreu que talvez ele quisesse justamente modificar essa cena. Talvez quisesse morrer com dignidade ou alterar as palavras finais. Acabei subindo em silêncio.

A mulher que nos abriu a porta parecia ter saído de um filme. Era uma morena de cabelo liso, olhos pequenos e nítidos que contrastavam com lábios grossos. Um pouco mais baixa que Melissa, com os quadris um pouco mais largos. Sua voz era grave e contida. Rodinei me falou muito de você, ela disse. Ele pensa muito em você. Eu penso demais nele, falei. Esse é meu trabalho. Deve ser um trabalho fascinante, ela sorriu. Você é como a cabeça de outra pessoa. Eu não escrevo tudo, disse. O autor já definiu os eventos essenciais, eu escrevo apenas as falas e alguns detalhes. Mesmo assim, deve ser fascinante. Sabe que eu já quis ser escritora? Passei um tempo lendo Clarice Lispector, Beatriz Moreira Lima, escrevi uns contos naquele estilo. Fiquei como que mergulhada no universo delas, pensando com a cabeça delas. Depois me toquei que eu precisava de algo mais físico, algo que envolvesse o corpo, o rosto, a voz. Escrever é gostoso, mas não tanto quanto viver, ela disse. Não tanto quanto atuar, eu corrigi. É mesmo, ela confirmou. Quase esqueci que há essa diferença. Rodinei falou: prefiro atuar, viver é desgastante. Para a minha surpresa, ele estava dizendo algo inteligente. Concordei imediatamente. A morena disse que ia buscar algo para beber. Lembrei a Rodinei que ele não tinha me falado o nome dela. Amanda, ela gritou da cozinha. E, quando eu ia perguntar o sobrenome, ela já estava voltando com uma garrafa de vinho branco. Vamos relaxar, ela disse. Mas não muito. Não quero você com sono. Comecei a pensar se ela era amiga ou namorada de Rodinei. Ia perguntar: vocês são apenas amigos?, mas Rodinei foi mais rápido e disse: vamos brindar, estou contente, sempre quis te conhecer. Eu nunca quis conhecê-lo e no entanto falei: eu também, porque sou um mentiroso. Senti que, depois daquele brinde, um deles ia falar o motivo do nosso encontro.

11.

Sabe, Rodrigo, começou o homem, é difícil falar certas coisas sem cair no lugar-comum. Mas talvez você não tenha consciência da sua importância num nível maior, num nível... nacional mesmo. Talvez você não tenha se tocado disso. Realmente, não me toquei, eu disse. Ele ficou assustado, não sabia se eu estava mentindo, e, nesse momento, nem eu. Mas ele continuou: você sabe que a novela, para o brasileiro, não é mero entretenimento. A novela tem um papel social, quase... pedagógico. A novela é hoje o que foi o teatro no século XIX. Bebi mais um pouco e comecei a olhar para a morena. Eu sabia que depois dessa introdução não podia vir coisa boa. Ele continuou: você mesmo não deve saber, mas é a primeira vez que um malandro carioca tem esse tempo todo numa novela. É a primeira vez que um malandro tem essa enorme aprovação social. Aprovação social?, eu perguntei. É, rapaz, aprovação mesmo. Se as pessoas não gostassem do meu personagem, a audiência já tinha despencado. Mas o Rigolé mantém os números lá em cima. Ele não é o nosso malandro convencional, o povo realmente gostou dele. Entendo, entendo, eu disse. Fico contente com isso. E tomei mais um gole, antes de ouvir que era a primeira vez que a população brasileira tinha uma atitude positiva em relação a um personagem de moral duvidosa. Porque já chegamos num ponto em que o público não apenas gosta do Rigolé, o público se identifica com ele. Sim, acho que sim, eu falei, pensando em como sair dali. O brasileiro, o brasileiro médio, que acompanha a novela, esse povo sabe que o Rigolé não é mau. Ele não teve oportunidade para ganhar a vida honestamente. Seus pequenos golpes são o meio que ele encontra para sobreviver. O brasileiro médio compreende isso, daí essa aceitação massiva do Rigolé. Ele não é um vilão comum. Ele é o verdadeiro herói da novela, o povo torce por ele.

Eu sabia que estava diante de um ataque de megalomania. A novela tinha um herói. Eu não sabia nada sobre ele porque não lia os textos dos meus colegas, mas, pela lógica da trama, sabia que ele estava lá. E Rodinei estava muito doido se achava que um personagem com duas mulheres podia ser o herói de uma telenovela. O público de novela é quase inteiramente feminino, e elas não toleram que um homem com uma amante termine bem. Até eu sabia disso.

Decidi que precisava sair dali. Se eu dissesse o que estava realmente pensando, aquele papo não ia dar em nada construtivo. Tentando abrir caminho, lembrei o que ele tinha dito no táxi. Tinha falado que uma amiga saberia explicar a situação melhor que ele. E a sua amiga?, perguntei. A amiga que estava a par de tudo.

O homem mudou sensivelmente de tom. A Amanda não é só atriz, ela é formada em jornalismo, ele disse. Ela vai explicar melhor.

Então Amanda entrou em cena, e o que ouvi foi um desastre atrás do outro. A mulher falou sobre a importância de termos esse tipo de protagonista na televisão, falou que a novela das oito não tinha um malandro marcante desde os anos oitenta, que sempre tentaram mostrar os malandros como bandidos, maus-caracteres, polígamos e não sei mais o quê. E que agora estavam tentando fazer isso de novo, mas o feitiço estava virando contra eles, porque o marginal agora tinha aprovação social e audiência e não sei mais o quê. E eu tinha que entender a responsabilidade que estava nas minhas mãos, porque o destino do Rigolé ia mudar a forma como o brasileiro via o marginal na sociedade como um todo, eu tinha a chance de mudar a imagem social de uma comunidade inteira, e nem o autor principal devia ter previsto isso, mas, agora que tinha acontecido, eu tinha que me posicionar, tinha que mostrar consciência da posição que eu estava ocupando nessa história toda. Eu estava num ponto crucial. Se demonstrasse coragem, seria o autor da próxima novela; se fosse um mero empregadinho submisso, seria provavelmente demitido, já que meu personagem sairia da novela como perdedor.

Eu estava pasmo. Nada daquilo correspondia à realidade. Os dois estavam influenciados por anos de uma sociologia fantástica, ou por semanas de drogas e pensamentos megalomaníacos. Eu poderia falar que já tinha escrito a morte de Rigolé. Se ele ainda não tinha gravado, ia gravar nos próximos dias. Mas isso anularia a possibilidade de me encontrar sozinho com Amanda. Como ela tinha se mostrado tão interessante, eu queria pelo menos mais um encontro com ela. Queria conhecê-la melhor. Ela era bonita e, sem dúvida, capaz de pensar, embora não estivesse pensando as coisas certas. Amanda é sua namorada?, perguntei a Rodinei, mudando radicalmente de assunto. Quê é isso? Ela é só minha amiga. Crescemos no mesmo bairro. Ela é um gênio. Se você visse a peça dela, ia babar. Silenciosamente, pensei que era uma atriz de teatro tentando conseguir espaço na televisão. Se eu tirasse Rigolé da jogada, talvez fosse possível ter alguma coisa com ela.

 Bebi mais um pouco. Fiz cara de quem estava pensando. Depois comecei: sabe, Rodinei, tudo isso é muito novo para mim. Eu me via apenas como uma engrenagem numa máquina maior, sem muita consciência de como essa máquina funcionava. Mas agora estou vendo que tenho um papel mais decisivo. Talvez eu possa interferir no funcionamento da máquina, mexendo apenas algumas alavancas. É isso, cara! Você está entendendo, ele gritou. Mas isso não é tão fácil, falei. Primeiro eu tenho que cancelar a morte de Rigolé, que já estava planejada, depois tenho que pensar num acontecimento que revele um traço positivo dele, um traço que justifique que ele se mantenha na novela. Eu sabia, cara, eu sabia! Eu podia sentir que você era um dos nossos. Você não é aquele mauricinho que quer escrever uma pastelada praticamente copiada de *sitcom* e jogar na cara do povo brasileiro. Você sabe que a novela pode ser muito mais que isso. É verdade, eu disse, eu já estava decepcionado com meu trabalho, mas não achava ninguém para falar sobre isso. Os dois ficaram se olhando com cara de entusiasmo. Foi muito bom esse papo que vocês me deram, vocês abriram minha cabeça, falei. Mas agora eu tenho que ir. Confesso que foi muita informação para um dia só. Amanhã minha mulher chega de Petrópolis, tenho que estar em casa para fazer o papel de maridinho com saudade. E, dizendo isso, olhei para Amanda, para ver sua reação. Ela deu um sorrisinho malicioso, que podia não significar nada, mas já gostei de ver que um sorrisinho daquele era possível. Eu não sei se consigo um táxi a essa hora, mas preciso ir, falei. Não precisa chamar táxi, eu te levo, ele disse. E isso já me deixou apreensivo, porque eu não queria que ele soubesse onde eu morava. Meu carro está aqui, no estacionamento do prédio. Achei que não era hora de contrariar. Aceitei a carona e fui com ele para o carro. Na hora de me despedir de Amanda, eu disse que esperava vê-la de novo. Ela disse: eu também, e isso me alegrou. Só quando cheguei em casa e deitei sozinho, na cama de casal, pude ver com clareza que eu era um canalha. Bastou eu conhecer uma mulher mais bonita e mais interessante que Melissa, e minha cabeça já ficou totalmente tomada por ela. Menos que canalha, eu era um fraco. Mas, naquela noite, eu queria me render à fraqueza. Fiquei pensando em Amanda, imaginando como seria namorar com ela. Como seria namorar alguém que valorizasse meu trabalho. Alguém com quem eu pudesse conversar sem medo de ser acusado de lunático ou inútil. Fechei os olhos, deixei as imagens rodarem na minha cabeça, até cair no sono.

12.

Melissa voltou de Petrópolis num domingo e resolveu cozinhar. Coisa rara, porque nós costumávamos comer fora. Fez um canelone de amêndoas, fritou peixe para ela e bife para mim. Eu comi, desconfiado. Pensei que ela fosse dizer algo como: eu te liguei ontem, você não atendeu. Onde você estava? Mas o destino quis me surpreender. Assim que eu disse que estava uma delícia, ela começou: sabe, Rodrigo, tenho umas coisas para te contar. Eu falei para a minha mãe que você trabalha para a TV Revel. Ela ficou muito feliz. Eu falei para ela do jantar com seu chefe, das histórias de atores famosos. Ela ficou ainda mais feliz. Disse que sempre acreditou em você, sempre te achou inteligente, sensível, um cara que leva a arte a sério. Ela acha que você tem muito futuro nessa carreira. Depois ela contou tudo para o meu pai, e meu pai deve ter gostado do que ouviu, porque hoje de manhã ele me fez uma surpresa. Durante o café, ele disse que, se nos casarmos em Petrópolis, ele paga todas as despesas: da igreja, do cartório, do salão de festas, de tudo, de tudo, entendeu?

E, depois de esperar uns cinco segundos, ela perguntou: então, você não acha o máximo?

Eu não sabia o que dizer. Na noite anterior eu tinha pensado exatamente que talvez não fosse hora para me casar com Melissa. Ela tinha uma beleza e uma elegância fora do comum, mas lhe faltavam certas coisas importantes para mim. Ela não ligava para literatura, não conversava sobre livros, não tinha ideias interessantes sobre arte ou sobre a vida. Literatura, para ela, era só um conjunto de informações que ela decorava para passar aos alunos. Ela ia me respeitar se eu trabalhasse para uma grande empresa, mas, se eu começasse a escrever sozinho, por meu próprio risco, ela não saberia apreciar meu trabalho. Tudo isso agora estava muito claro para mim, mas falar sobre esse assunto parecia terrivelmente complicado. Ela poderia se sentir ofendida, ou acusada, como se não gostar de literatura fosse um crime. Sem muita alternativa, tentei levar a conversa por outro caminho. Amor, nunca foi uma questão de dinheiro, eu disse. Se você tivesse falado que queria casar em Petrópolis, eu ia conversar com meus pais, eles certamente iam assumir as despesas. Pelo que conheço deles, iam fazer questão.

Não, amor, não me entenda mal, ela quase gritou. Não me importa quem vai ficar com as despesas, eu só quero definir a nossa situação. Não quero ser chamada de esposa, se ainda não nos casamos. E não quero ser chamada de namorada, se já moramos juntos. É horrível viver essa situação indefinida, preciso saber o que eu sou para você, preciso saber o papel que eu ocupo na sua vida. Meu amor, eu te amo, você é tudo para mim. Não sei por que eu disse isso. Essa frase devia estar programada na minha cabeça. Ela respondeu: se isso for verdade, então temos que nos casar, temos que fazer o que as pessoas que se amam fazem. Eu fiquei em silêncio por alguns segundos, depois disse: você tem razão, se nos amamos, é isso que devemos fazer. Mas tenho que conversar com meus pais, e só vou poder ir na casa deles no próximo final de semana. Ela disse imediatamente: eu vou com você. Eu disse: sim, sim, é a coisa certa a fazer, e senti meu corpo tremer. Devo também ter empalidecido, porque ela perguntou se eu estava me sentindo bem. Acho que comi demais, eu disse. E a culpa é sua, essa comida está maravilhosa. Se você casar comigo, vai ter essa comida todo domingo, ela falou. Ah, amor, o que é isso! Por mim você não precisa nem fritar um ovo. Nunca te pedi para cozinhar. Eu sei, eu sei. Mas agora tenho vontade de cozinhar para você. Acho que você está me fazendo mais mulher.

    Se ela tivesse dito isso uma semana atrás, talvez tivesse me tornado o homem mais feliz do mundo. Mas agora eu me sentia culpado. Levantei e fui buscar mais uma garrafa de vinho. Quando voltei, Melissa me deu um longo beijo na boca, como se dissesse: eu não me importo que você beba, eu te amo assim mesmo. Eu entendi a mensagem, mas já estava pensando em outra pessoa. Estava me perguntando com quem Amanda estava almoçando, se ela também tomava um aperitivo depois do almoço, se ela gostava de cozinhar para o namorado ou se o namorado é que cozinhava para ela. Era bem possível que ela tivesse um lambe-botas, que cozinhasse e fizesse tudo para ela em troca de alguns minutos da sua nudez. E isso me deixava estranhamente nervoso, e precisei de meia garrafa para me acalmar. Acabei esquecendo quase tudo que Melissa tinha dito no almoço. Lembrava apenas que precisava ir a Minas, conversar com meus pais. Com um pouco de esforço, consegui convencê-la de que ela não precisava ir. Eu queria, na verdade, ganhar tempo para decidir se eu ia mesmo me casar. Com Melissa do meu lado, pensar nisso seria mais difícil. Esse é o tipo de decisão que um homem tem que tomar sozinho.

13.

Na segunda-feira, o coordenador me ligou ainda de manhã. Lá fui eu para a sala de reuniões, para ouvir que tinha surgido um problema. O cara que mataria Rigolé estava muito mal colocado. Dava a impressão de que o jogamos na trama apenas para resolver um imprevisto de última hora. O autor queria uma cena com ele, para introduzi-lo ao espectador, depois, sim, poderia acontecer a cena em que Rigolé chega na casa da amante e pega outro homem na cama dela.

Tudo bem, aquilo era coisa simples. Fui para casa e escrevi uma cena na qual a amante de Rigolé conheceria seu novo amante. O cara seria diretor de uma agência de modelos, o que atrairia a atenção dela. Ele diria logo de cara que ela tinha uma beleza fora do comum. Ele gostaria de fotografá-la. Os dois marcariam de se ver outro dia.

Mandei para Bernardo, ele disse que estava ótimo. Então me surgiu um pensamento óbvio. Eu precisava usar aquele imprevisto a meu favor. Liguei para Rodinei, e caiu na caixa de mensagens. Eu não sou de deixar mensagens em celular. Liguei mais tarde, falei com ele e dei a notícia.

Disse que consegui adiar a morte de Rigolé em pelo menos uma semana. Ele falou: não acredito. Depois falou: mas claro que acredito, cara, eu sabia que você ia conseguir! Vamos sair para tomar alguma coisa. Perguntei se ele podia me pegar lá em casa umas oito da noite. Quando ele chegou, eu estava na porta do prédio. Melissa, por coincidência, estava descendo de um táxi. Ela me viu, veio falar comigo, e lhe apresentei Rodinei. Perguntei: você sabe o que ele faz? Claro que sei, ele é o Rigolé da novela, ela falou, sem esconder o entusiasmo. Eu disse que tinha que discutir um lance de trabalho com ele. Ela disse: não demora, vou fazer *penne ai funghi* para você. Não se preocupe, não vou demorar, eu disse. Quando estava no carro, pensei: que pena, ela resolveu gostar de mim justo agora que já não gosto tanto dela. Casamento é mais complicado do que eu pensei. No volante, Rodinei soltou: eu nem vou perguntar o que você está pensando. No bar você me conta. Então comecei a pensar em alguma coisa para falar no bar.

 O bar era na verdade um restaurante fino, no segundo andar de uma loja de vinhos. Eu me sentia um pouco deslocado naquele lugar, talvez por isso era até mais fácil mentir. Disse a Rodinei que eu já tinha escrito a morte, mas depois consegui convencer o autor de que foi uma ideia prematura. O assassino não era conhecido do espectador. Precisávamos primeiro introduzi-lo na trama, depois encenar a morte. O autor acabou concordando e me deu uma semana para introduzir o assassino. Genial, ele disse. Foi um milagre eu ter te encontrado naquele dia, e agora tudo está acontecendo naturalmente. Sabe que eu não esperava te ver naquela noite, na danceteria? Aconteceu por acaso, eu entrei e você estava lá. Eu já tinha recebido o texto da morte, mas simplesmente não acreditei. Eles estavam tirando o personagem sem mais nem menos. O cara era o verdadeiro herói da novela, e ele ia morrer simplesmente assim, do nada? Rodinei continuava achando que seu personagem era o herói. Não tinha jeito, ele era um caso perdido. Para mudar de assunto, perguntei se ele já tinha dado a notícia para Amanda. Ainda não. Talvez você queira contar, ele disse, com um olhar malicioso. Eu te passo o número dela. Salvei o número no celular, tentando disfarçar minha alegria. Amanda era linda e parecia gostar de literatura, não era como Melissa, que era apenas linda. Entre mim e Amanda talvez pudesse surgir uma relação mais profunda, mais interessante que a vidinha papai-e-mamãe para onde Melissa estava me levando. Eu estava ansioso para falar com ela, e essa seria uma boa oportunidade.

Quando cheguei em casa, falei que Rodinei e eu acabamos jantando. Melissa ficou chateada. Perguntou se agora ela ia começar a comer sozinha, se eu ia ficar jantando com amiguinhos da televisão. Eu disse: mas você sempre comeu sozinha. Você nunca foi de cozinhar em casa, como eu ia adivinhar? Não é isso que eu quis dizer, ela falou. Quero saber se nós vamos nos casar para eu ficar sozinha em casa, enquanto você fica por aí curtindo com seus amigos artistas. Eu não estava curtindo nada, amor. Estava conversando sobre coisa de trabalho. A novela vai acabar daqui a uns dois meses. Depois disso não vou mais ver esse cara, não precisa se preocupar. Me desculpe, amor, ela recuou. Estou nervosa com essa situação. Há poucos dias você era um mero arquivista, e agora vejo você sair com atores famosos. Estou me acostumando ainda. Tudo bem, não fique preocupada, isso não vai mais acontecer. Olha aqui, ela disse. Se você vai começar a andar com esse pessoal, vou ter que aprender a cozinhar de verdade. Você vai acabar trazendo um deles aqui em casa para jantar, não vai? Não, amor. Não vou trazer ninguém para jantar. Por que não? Minha comida ainda não é tão boa, mas posso aprender a cozinhar. Se mudarmos para um apartamento maior, podemos até contratar um desses *chefs* que vão na casa dos clientes e cozinham na hora. Meu Deus, Melissa, você apenas viu um ator e já está pensando essa coisa toda? Está achando que vamos viver dando jantarzinho para atores? Relaxa, amor, você está confusa. Estou mesmo. Eu não esperava ver você saindo de casa com gente famosa. Ainda estou perplexa. Vem cá, amor, deixa eu te abraçar. Depois que a gente dormir junto você vai acordar mais tranquila. Ela me olhou de um jeito estranho, como se eu estivesse sendo carinhoso demais. Agora eu vou procurar uma toalha, falei. Vou tomar um banho. Quando eu sair, vamos ter que ficar deitados na cama, abraçadinhos, dando beijinho no escuro. Ela começou a rir. Mas escova os dentes, falou. Você está com hálito de bebida. Vou jantar enquanto você toma banho. Eu estava te esperando, seu folgado. Falei para você não demorar. Tudo bem, vou demorar no banho agora, e você vai ter tempo para jantar. Vou ficar meia hora no banho. Ah, seu bobo, não exagera.

Peguei uma toalha, entrei no banheiro e o tempo parou. Lembrei que Rodinei tinha falado alguma coisa sobre Amanda ter escrito uma peça. Talvez esse fosse um bom motivo para puxar assunto. Eu ia dizer que queria ler a peça dela. Depois fiquei pensando se ela estava no banho também, se ela estava pensando em mim. Ela tinha dito que achava meu trabalho fascinante. Aquilo tinha recarregado minhas baterias. Agora eu estava com mais vontade de trabalhar. Ao contrário de Melissa, que estava me valorizando apenas porque saí com um cara famoso, Amanda me valorizava pelo meu trabalho, pelo que eu realmente sabia fazer.

Quando saí do banho, Melissa estava com a camisolinha preta que tantas vezes me fez delirar. Mas agora ela era apenas um dever de casa. Eu tinha que fazer amor, para ela não suspeitar de nada. O que ela disse sobre si mesma também valia para mim. As coisas estavam acontecendo rápido demais.

14.

Fui para a rodoviária no sábado de manhã. Um ônibus sairia para a minha cidade às onze horas. Às dez resolvi ligar para Amanda. Contei que eu tinha conseguido adiar a morte de Rigolé. Não acredito, ela disse. Você conseguiu? Rod deve estar radiante. Sim, falei com ele ontem. Ele não tinha te contado? Não, não falou nada. Ainda não falei com ele essa semana. Um silêncio estranho tomou conta da ligação. Eu não sabia o que dizer. De repente arrisquei: escuta, o Rodinei me falou que você já escreveu uma peça. Ele disse que era genial, eu queria ler. Ah, que é isso, não é genial. Escrevi quando eu estava no curso de teatro. O professor gostou. Ele era um cara influente, conseguimos encenar num centro cultural em Nova Iguaçu. Deve ser maneira, eu queria ler, insisti. Acho que eu tenho aqui em casa, num pendraive[4]. Me manda por emeil, eu disse, e quando eu ia dizer meu emeil, ela falou: olha, hoje eu vou almoçar com uma amiga, já tinha marcado durante

---

4   Grafia recomendada pelo autor.

a semana. Só que, mais tarde, eu vou ficar em casa. Você podia passar aqui. Eu não tenho impressora, mas você deve estar acostumado a ler no leptope.

Quando ouvi essas palavras, comecei a rachar por dentro. Eu tinha que decidir se ia para a casa dos meus pais ou para a casa dela. Mais dez minutos e eu perderia o ônibus. Senti calor e frio, senti sede, senti vontade de vomitar, e acabei dizendo: pode ser. Posso passar aí. Estou acostumado a ler no leptope. Vem lá pelas seis, ela falou. A gente lê a peça, depois podemos sair para jantar. Às seis está ótimo, respondi. Me fala de novo o seu endereço, porque eu não guardei. Da outra vez eu fui com o Rodinei. Anota aí, ela falou, e ditou o endereço. Tudo bem, às seis eu chego aí. Está bem, vou te aguardar. Até mais.

Onze e dez. O ônibus tinha partido. Peguei um táxi e fui para um hotel na Barra. No caminho fui pensando no que ia dizer para a minha mãe. Quando entrei no quarto, peguei o telefone e liguei para ela. Falei sobre Melissa, falei que ela queria casar e que seria melhor se fosse em Petrópolis, porque a família dela morava lá, não queria perder o casamento dela, e essa coisa toda. Pedi à minha mãe para conversar com meu pai, ver o que ele achava, e no dia seguinte eu ia ligar para saber a opinião deles. Minha mãe só conseguia dizer: claro, meu filho, só queremos o melhor para você. E essa menina é tão bonita, tão educada, eu simpatizei tanto com ela, pena que vocês ficaram tão pouco aqui em casa. Mas é claro que seu pai vai concordar, como não? Eu senti que ele também gostou dela.

E, afinal, só queremos o melhor para você. Mas de repente ela mandou: e o trabalho, você está gostando, está tudo bem por lá? Tudo tranquilo, mãe. Eu apenas digitalizo e arquivo um material que a empresa vai mandar para um museu. É muito fácil, não tem como errar. Ah, que bom. Fico feliz em saber.

Não era hora de contar o que eu realmente fazia na TV Revel. E talvez nunca fosse, porque eu não queria que minha família soubesse que eu escrevia parte da novela. Não queria gente simples achando que eu tinha chegado lá, me dando os parabéns e essa coisa toda. Nas festinhas de família algum idiota poderia me perguntar se eu já tinha transado com alguma atriz, se eu conhecia pessoalmente fulano de tal, aquela coisa de pobre que acha que atores são deuses. Isso eu não ia suportar, preferia mentir sobre meu trabalho, dizer que eu era um mero arquivista ou coisa parecida.

Enquanto eu pensava nisso, minha mãe perguntou: e a Melissa, filho, ela está bem? Pois é, mãe, tem mais esse detalhe. Eu preciso que você me faça um favor. Se a Melissa ligar, diga que eu estou aí, mas saí para conversar com um amigo, diga que eu fui para um bar, uma coisa assim. O que é isso, meu filho? Onde você está? Não se preocupe, mãe. Eu perdi o ônibus e vou para a casa de um amigo, aqui na Barra. Mas não diga isso à Melissa, diga que eu estou aí. Eu realmente estava indo para a sua casa, mas uma coisa me atrasou. Ah, Rodrigo, você está aprontando alguma, não é? Não é nada disso, mãe. É uma história longa.

Depois eu te conto. Apenas faz o que eu estou te pedindo. Está bem, mas depois você me conta a verdade, hem. Me conta tudo. Claro, mãe. Foi só um probleminha que me atrasou. Eu te explico depois. Um beijo. Beijo, meu filho. Mamãe te ama. Eu também.

E assim pude descer para o restaurante do hotel. Essa conversa toda acabou me dando fome.

15.

Seis em ponto cheguei no apartamento de Amanda. Ela me recebeu com um vestido sóbrio, na altura do joelho, uma leve decepção. Falamos da minha grande conquista, o atraso na morte de Rigolé. Ela perguntou o que eu achava que iria acontecer depois. Eu disse que pensaria nisso na semana seguinte. Ela riu, disse que eu era tranquilo, um cara zen. Falei que estávamos acostumados a trabalhar assim. Escrevíamos as cenas com uma ou duas semanas de antecedência. Não adiantava ir além disso, porque o autor principal podia mudar de ideia e jogar nosso trabalho fora. Ela perguntou se eu achava que um dia seria o autor principal de alguma novela. Eu sabia o que essa pergunta significava. Ela estava me sondando. Queria saber se valia a pena investir em mim. Respondi: tenho algumas ideias que vou mostrar para o diretor. Se ele gostar, pode ser uma proposta para uma futura novela, porque a próxima já está sendo escrita. Tem gente na empresa que já sabe dela.

Inventei isso simplesmente porque gosto de mentir. Mas vi como os olhos dela brilharam. Ela queria acreditar nessa mentira. Devia gostar desse agito de televisão, de receber o texto no dia anterior e gravar no dia seguinte, de não ter que ensaiar, não ter que pensar muito sobre um personagem, apenas atuar, atuar, atuar, depois esquecer, esquecer, esquecer. Ela tinha cara de quem concebia a dramaturgia como uma espécie de atletismo. As pessoas que trabalham com novela costumam pensar assim. Mas isso podia ser apenas impressão minha. Talvez eu estivesse projetando nela um pensamento que eu percebia nos redatores, nos caras que eu via mais frequentemente.

Quando ficamos sem assunto, ela foi no quarto, pegou o leptope, depois sentou comigo no sofá. Eu tenho até vergonha de te mostrar, ela disse. Mas você tem que me dar um desconto. Eu tinha uns vinte anos quando escrevi essa peça. Deve ser boa, eu falei. O Rodinei me disse que é genial. Ela riu, levemente, e falou: a opinião do Rod não é grande coisa nesses assuntos. Eu pensei: ela sabe, ela sabe que ele é um canastra, semianalfabeto. Por que será que está tentando ajudá-lo? Ele é gente boa, eu falei. Pode ser que ele se encontre em outra atividade. Ela deu uma gargalhada gostosa, depois disse: ele acha que é ator, não tem jeito. Deixa pra lá, eu falei. Tem coisa que só o tempo ensina. É verdade, ela disse, e ficou meio pensativa. Eu peguei o leptope, coloquei no colo e comecei a ler. Assim que firmei na leitura, ela disse: vou tomar um banho, estou morrendo de calor. Eu não estava sentindo calor, pelo contrário, a brisa da noite começava a entrar pela janela.

Lá pela décima página comecei a entender que a peça era sobre uma jovem que tinha um caso com um homem casado. Casado e rico. E esse homem dizia que o casamento estava uma droga, não ia demorar muito para um dos dois pedir o divórcio. Bem clichê, pensei, e logo que pensei isso ela apareceu na sala, só de toalha, e foi fechar a janela. A sala de repente ficou mais quente, não sei se por causa dela ou do vapor que vinha do banheiro. Pensei comigo que uma mulher de toalha, na minha frente, só podia significar uma coisa. Ela veio sentar do meu lado, olhou para o computador e perguntou se eu estava gostando. Estava tão perto que eu via o rosto dela refletido na tela. Estou adorando, eu disse. Então virei o rosto para o lado e quase não a vi, porque fechei os olhos. A boca dela já roçava meus lábios. Senti a umidade dela passando lentamente para o meu corpo. Senti coisas que eu já não sentia com minha própria mulher. Deixei o leptope de lado, exploramos o sofá, depois o chão e a mesinha de centro.

Quando o furacão acabou, eu sentia vontade de dormir. Ela foi para o banheiro e me deixou com a parte humilhante de catar minhas roupas no chão e me vestir. Depois saímos para jantar e ela me narrou a peça toda, nos mínimos detalhes. No hotel, antes de pegar no sono, acho que eu já não lembrava uma única cena. Mas lembrava das posições que adotamos, dos movimentos de perna, da tensão e do alívio que o rosto dela encarnava de quando em quando. A única falta foi não ter filmado. Talvez isso pudesse acontecer numa próxima vez.

No dia seguinte achei melhor não ligar para Amanda. Ela ia querer me ver, e provavelmente ia deixar em mim um cheiro ou uma marca que pudesse me delatar para Melissa. Fiquei no hotel, pensando na vida, pensando se esse lance de casamento não estava indo longe demais. De dez em dez minutos eu recordava alguma coisa que tinha acontecido na noite anterior. Foi tão diferente das minhas noites com Melissa, tão mais intenso, tão marcante, que aquele acontecimento um dia estaria num dos meus livros, embora eu ainda não tivesse a menor ideia de como descrevê-lo. Lá pelas seis peguei o telefone e liguei para a minha mãe. Ela disse que meu pai estava muito feliz, que concordava com tudo, mas fazia questão de dividir os custos. Eu falei: tudo bem, acho que o pai da Melissa não vai se importar. Meu pai pegou o telefone, falou: filhão, que coisa boa. Você vai sossegar, hem? Quando essa garota veio aqui em casa, eu senti uma coisa nela, senti que ela estava tranquila, confiante... ela tinha te conquistado, deu para perceber. Ah, que bom, pai. Estou feliz que você esteja feliz. Mas o que é isso, Rodrigo? Você tem que ficar feliz por você. A garota é muito bonita, você vai ter uma vida muito boa. Vou sim, tenho certeza, disse. Olha, fala com o pai dela que a gente vai dividir os custos. Esse negócio de que o pai da noiva paga tudo, isso foi no tempo do meu pai. Hoje as coisas não são assim, as festas são muito mais caras. Pode deixar, eu falo, sim, pai. Acho que ele não vai ver problema nisso. Não vai, não, tenho certeza. Ele deve ser um homem maduro, sensato. É sim, pai, é sim. E como eu não aguentava mais aquela conversa, dei um jeito de me despedir. Cheguei a pensar que eu deveria me sentir mal pelo que havia acontecido na noite anterior. Mas só conseguia me sentir bem. Se uma mulher como Amanda subir em cima de você e mover os quadris de uma certa maneira, não tem como se sentir mal, nem se você quiser.

Depois peguei um táxi e fui para a casa. Melissa só chegou mais tarde. Perguntou o que tinha acontecido. Ela tinha ligado várias vezes para a minha mãe, mas ela só dizia que eu tinha saído com um amigo. Meu amor, eu saí com vários amigos, falei. Eu queria contar para todo mundo que a gente vai casar. Você não está sentindo a mesma coisa? Não está com vontade de contar para as suas amigas? Ela riu, deliciosamente: agora estou. Eu ainda não sabia se ia rolar, ainda não tinha certeza. Vai rolar, claro que vai. Só tem um problema: meu pai quer dividir os custos. É a vaidade dele, você sabe, ele é um homem do interior, não quer encarar seu pai como se fosse um pobretão. Que é isso, amor. Meu pai não vai pensar isso dele. Foi ele que disse que queria pagar, essa foi a primeira coisa que ele falou. Tudo bem, amor, deixa pra lá. Isso é o que menos importa para mim. Para mim também, ela disse, e nos beijamos. Achei que eu não ia conseguir fazer amor, porque na noite anterior eu tinha me esbaldado com Amanda. Mas consegui uma perfórmance[5] básica, sem muito entusiasmo.

---

5   Grafia recomendada pelo autor.

Antes de pegar no sono, pensei se Amanda e eu conseguiríamos escrever uma peça juntos. Eu faria os papéis masculinos, ela, os femininos. Seria uma doce aventura romântica. Dormi embalado por essa canção de amor.

16.

No dia seguinte acordei com o telefone tocando. Era umas dez da manhã, e Rodinei estava no fone: o que está acontecendo, rapaz? Eles vieram de novo com a cena da morte. Você não está fazendo nada? Não está agindo? Eu pensei em dizer: passa aqui em casa, a gente precisa conversar. Melissa já tinha saído para a faculdade. Mas refleti que ele podia dar um escândalo e talvez até me agredir. Ele era, afinal, um homem da favela, estava acostumado a conviver com gente violenta. Resolvi marcar numa cafeteria do centro, um lugar inocente, frequentado por velhinhas do interior, um desses locais turísticos. Rodinei não teria coragem de fazer nada lá. Dei o endereço e disse que chegava em meia hora. Vou estar te esperando, ele disse, num tom autoritário, como se fosse meu patrão.

Chegando na cafeteria, ele realmente estava lá, numa mesa mais ao fundo, com uma garrafa de água mineral. Sentei, pedi um café e um sanduíche. Me mandaram a cena da morte, ele falou. Vou gravar amanhã, tenho que estar no estúdio às dez. Mas ainda dá tempo. Você ainda pode falar com o escritor, com o diretor, seja lá com quem você falou da outra vez. Dá tempo de você mexer seus pauzinhos.

Tentei ser tão direto quanto ele. Rodinei, vou te falar uma coisa, cara, e você precisa entender. Da outra vez eu consegui adiar a sua morte por causa de um problema estrutural. O cara que ia te matar ainda não era conhecido do espectador. Ele precisava aparecer antes, precisava de uma cena só dele. Esse problema foi resolvido. Agora não tem jeito de mudar mais nada. Sua morte está definida desde o início da novela. Mas não pode ser, ele disse, dando um soco na mesa. Os garçons olharam, as pessoas das mesas mais próximas ficaram em silêncio. Rodinei levou a mão à testa, como se estivesse com dor de cabeça. Se já estava tudo definido, por que você não me disse antes? Por que não me contou desde o início? Sem a menor dificuldade, improvisei uma mentira: porque acreditei em você. Fiquei empolgado com seu discurso. Achei que seu personagem tinha aprovação social, achei que Rigolé era o primeiro malandro carioca que tinha conquistado um público de novela. Você disse isso, e aquela garota confirmou, com tanto entusiasmo, tanta sinceridade, que eu acreditei. Mas depois eu percebi que isso era ilusão. O autor tem uma equipe que informa para ele a aprovação de cada personagem. Se Rigolé estivesse com essa bola toda, como você falou, ele saberia. Acredite, existem pesquisas sobre essas coisas. Não se tira um personagem da novela sem mais nem menos. Se você vai sair é porque o público realmente não está gostando do seu personagem. Não pode ser, ele repetiu, agora em outro tom. Não é isso que eu sinto nas pessoas. Gente simples que me encontra na padaria, nos bares, até no supermercado. Eles me passam outra energia. Você já viu alguma pesquisa?, eu perguntei. Já conversou com o pessoal que faz a estatística? Eu não preciso disso, ele falou. Tenho um sexto sentido para essas coisas. Meu amigo, lamento informar, mas seu sexto sentido falhou. As pesquisas estão lá. O autor as conhece muito bem. Mas, para falar a verdade, nem precisávamos dessas pesquisas. Na redação sabemos que os espectadores não toleram um personagem que tenha amante. Quem vê novela normalmente é mulher, e as mulheres não suportam adúlteros. O que é isso?, ele perguntou, numa inocência de dar pena. O que é um adúltero? É um cara que é casado, mas tem uma amante, falei. Pelo amor de Deus!, ele quase gritou. Hoje qualquer um tem amante. Já virou a coisa mais comum do mundo. As mulheres já estão aceitando isso. Sim, as mulheres devem aceitar isso, eu disse. Mas, no íntimo, elas devem acreditar que existe um homem completamente fiel à sua esposa, em algum lugar desse mundo ou talvez de outro. Essa é a religião secreta delas. Na televisão, não queremos destruir essa religião, pelo contrário, queremos alimentá-la. Por isso os personagens que têm amante sempre acabam mal, e os homens fiéis às esposas sempre acabam bem. A novela é quase toda construída em torno disso. Se você quiser mudar essa realidade, deixe de ser ator e comece a escrever. Tente ser um autor.

Rodinei ficou em silêncio por algum tempo, depois falou: tem uma coisa que eu não entendo, não consigo entender. Se você sabia disso desde o início, então por que não nos avisou? Por que nos deixou acreditar que você ia mudar as coisas? Não estou falando só de mim, a Amanda também confiou em você. Essa última frase me preocupou. A Amanda significava muito para mim. Eu já te expliquei, acreditei em vocês, repeti. Acreditei no entusiasmo de vocês. Mas, já que você falou nessa Amanda, eu queria te perguntar uma coisa. Por que você me levou para conhecer essa mulher? O que ela tem a ver com isso tudo?

Ele ficou em silêncio por tanto tempo que resolvi morder meu sanduíche. O garçom já tinha deixado as coisas na mesa. De repente ele soltou: como você tem coragem de chamar a Amanda de "essa mulher"? Depois de tudo que você fez com ela, como você tem coragem? E chegou a dar um soco na mesa. As pessoas ao redor olharam atentamente, mas ficaram caladas. Raciocinando rápido, imaginei que Amanda tinha contado a ele que fizemos amor. Você é namorado dela?, eu perguntei. Se é, você tinha que ter me falado.

Ele explodiu numa gargalhada, depois tomou fôlego e disse: se eu fosse namorado dela, você acha que eu não teria quebrado a sua cara? Nesse momento senti um fluxo claro de maldade. Percebi, intimamente, que ele não apenas teria coragem para quebrar a minha cara, mas teria prazer em fazer isso. Dei mais uma mordida no sanduíche, mastiguei lentamente procurando uma saída, depois falei: eu não entendo por que você está tão preocupado. Você é um bom ator, certamente vai ser chamado para outra novela. A televisão não vive sem atores, você não tem o que temer.

A mudança dele foi tão nítida que senti como se outro homem tivesse se sentado à minha frente. Ele relaxou os ombros, deu um suspiro e confessou: eu também acho isso, ainda vão me chamar para outra novela. Mas tem gente que fala bobagem, esse mundo está cheio de boca grande. O que estão falando?, perguntei, percebendo que a conversa ia tomar outro rumo. Estão falando que eu não tenho talento, que não combino com esse personagem. Isso não tem cabimento. Eu quase não erro as falas, quase não tenho que repetir cena. Claro que não sou como os veteranos, não faço tudo de primeira, mas eu tenho talento, disso tenho certeza.

Eu fiquei com pena, por isso foi mais fácil dizer: você tem talento, sim, cara. Fica tranquilo, logo vão te chamar para outra novela ou para uma série. Eu vou pagar a conta, porque tenho um compromisso, mas você tem meu telefone. Se quiser conversar mais, bater um papo, é só me ligar.

Ele riu, parecia mais calmo. Obrigado, cara. Obrigado mesmo. Tem só mais uma coisa, eu preciso te dar isso. São umas filmagens da Amanda, você tem que ver. Ele me entregou um pendraive[6]. Por um momento me pareceu que tudo estava explicado. Ele havia colocado a Amanda

---

6 Grafia recomendada pelo autor.

na história porque também queria um emprego para ela. Agora ele estava me dando um *book* dela ou coisa parecida. Mas, quando peguei o pendraive, ele acrescentou: veja esses vídeos o mais rápido possível, depois me liga. Você tem meu telefone. Em seguida saiu para a rua, numa tranquilidade total. Fui para o caixa com a impressão de que eu tinha tido uma conversa normal com um amigo. O caixa parecia não se lembrar do soco na mesa, talvez nem o tivesse visto. Mas o pendraive queimava na minha mão. Eu tinha que ver o que era aquilo. Estava tão curioso que não sabia se ia para casa ou se entrava numa lanrause[7].

---

7 Grafia recomendada pelo autor.

17.

Acabei indo para casa. Quando comecei a ver os vídeos, primeiro senti uma sincera alegria, depois senti medo e entrei em pânico. O primeiro vídeo mostrava Amanda e eu no sofá, na noite mágica que vivi com ela. O segundo mostrava a mesma coisa, porém do ponto de vista lateral. Estava claro que havia câmeras escondidas naquela sala. Minha alegria inicial veio do fato de que eu realmente queria ter gravado aquele momento. Meu pânico veio da dedução óbvia de que Rodinei ia mostrar aqueles vídeos para Melissa, se eu não desse um jeito de mantê-lo na novela. Comecei a tremer e a sentir frio. Vários pensamentos começaram a girar na minha cabeça. Tive que tomar um calmante, um calmante líquido, para relaxar. Deitado no sofá, consegui raciocinar melhor.

Eu realmente queria que meu relacionamento acabasse. Não estava gostando daquela história de igreja e encontro de famílias. Mas não queria que fosse de forma tão chocante. Melissa ficaria triste com essa traição, e eu ainda sentia um grande afeto por ela. Não queria que tudo acabasse de maneira tão vil. Então comecei a pensar numa possibilidade:

eu ia procurar o coordenador e dizer que tinha uma ideia para manter Rigolé até o fim da novela. Ia inventar alguma coisa rapidamente, depois partir para o apartamento dele. Mas, ao visualizar essa cena, ao me imaginar falando com o coordenador, como se eu fosse um mendigo, implorando para ele me ouvir, implorando para ele entender esse ou aquele detalhe, que poderiam significar uma virada para Rigolé, eu simplesmente senti nojo. Esse não era o meu tipo. Eu não costumava me comportar assim, e não podia mudar por causa de uma chantagem. Infelizmente eu teria que enfrentar um tipo de divórcio, um divórcio antes do casamento. Teria que me separar de uma mulher que eu já não amava e de uma família que eu pouco conhecia. Precisaria inventar uma estória para minha mãe, talvez dizer que Melissa encontrou outra pessoa e achou que seria mais feliz com ela. Melissa provavelmente não teria coragem de contar a verdade para a minha mãe, e isso tornava as coisas mais fáceis para mim. Eu ainda era um moleque, queria sair dessa sem que minha mãe soubesse que eu a havia traído. Minha mãe instintivamente ficaria do lado dela, me veria como um homem sem princípios, fiel apenas ao desejo sexual.

 Quando olhei o relógio, vi que mais de uma hora tinha se passado. Pensei em não ligar para Rodinei, não falar nada com ele. Ainda havia a possibilidade de ele mudar de ideia e não ter coragem de mostrar o vídeo, não descer tão baixo. Daí a cinco minutos ele me ligou: então, o que você vai fazer? Uma ideia passou pela minha cabeça. Rodinei, deixa eu entender, falei. Você me disse que todo homem tem uma amante, e as mulheres já estão aceitando isso. Se você acredita nisso, por que você acha que a Melissa vai ligar para o fato de eu ter uma amante? Você está louco, cara? A Amanda não é sua amante. Mas é isso que a Melissa vai pensar. Você acha que ela vai acreditar que aconteceu só uma vez? Você sabe como são as mulheres, uma vez traídas, não acreditam em mais nada. Você não pode ser tão frio, cara, ele gritou. Você é um moleque, sabia? Mas, para mim, não importa, vou entregar esse vídeo de qualquer jeito. O que você vai dizer para a sua mulher é problema seu. E desligou. Eu pensei que ele estava tão nervoso que ia acabar não entregando o vídeo, ia acabar pensando que isso não ia dar em nada. Vesti uma camisa de malha e fui dar uma caminhada.

18.

Quando voltei para casa, pedi comida chinesa pelo telefone. Melissa chegou ao mesmo tempo que o entregador. Foi arrumando a mesa para a gente comer. Estava silenciosa, talvez pensativa. Quando dei a primeira mordida, ela disse: ficou para 24 de outubro. O quê? Nosso casamento ficou para 24 de outubro. Eu queria para maio, mas não tinha vaga. Em junho e julho faz muito frio em Petrópolis, em agosto ninguém quer casar, agosto é o mês do desgosto. Então tinha setembro e outubro, mas setembro também já estava lotado, então teve que ficar para outubro. Tudo bem, eu disse. É bom que dá para a gente se preparar, mandar os convites. É bom por outro motivo também, ela falou. Dá tempo de desistir. Essa frase me pegou de surpresa. Desistir? Você está pensando em desistir? Eu não, ela disse. Mas talvez você esteja. Então tive a impressão de que ela tinha visto o vídeo. Talvez ela achasse que eu tinha uma amante. Eu queria dizer: amor, aquilo foi só um deslize, um acidente, não vai acontecer nunca mais etc. e tal. E pedir perdão, e dizer que eu a amava, e a outra foi só uma coisa carnal, um impulso, uma ação idiota, instintiva, animal. De repente me senti pressionado por estar tão perto do casamento, e eu tive tão poucas experiências com mulheres. Não vai acontecer de novo, eu prometo, eu juro. Essas frases passaram pela minha cabeça, uma por uma, enquanto eu mastigava o macarrão chinês. E por fim eu não disse nada. Eu ainda tinha um pouco de dignidade. Não queria dizer que ainda a amava, porque não era verdade. E não queria dizer que minha noite com Amanda não tinha significado nada, porque tinha significado muito. Porém, pensando com mais clareza, eu ainda nem sabia se ela tinha visto o vídeo. Talvez ela tivesse dito que dava tempo de desistir apenas por precaução, porque realmente, nesse tempo todo (ainda estávamos em março), um dos dois poderia desistir.

Comi calado naquela noite. Fui sentindo que estava ficando mais forte, aprendendo a pensar as coisas de forma mais completa, sem necessidade de expô-las rapidamente, por impulso ou ansiedade.

Mais tarde dormimos cada qual do seu lado, com o tradicional beijinho de boa noite. No dia seguinte eu acordei, e ela já tinha saído. Tomei café na rua e fui para o apartamento do coordenador. Ele disse para eu passar no departamento pessoal para receber o último mês e assinar os recibos. A minha parte da novela estava encerrada.

Mas não se preocupe, ele disse. Você certamente será chamado para a próxima novela. O autor gostou muito do seu trabalho. Aquelas últimas frases do Rigolé, aquilo foi demais, o autor disse que vibrou. Eu não lembrava que frases eram essas, mas não disse nada. Apenas falei que foi ótimo trabalhar com ele, pedi desculpas por não ir a todas as reuniões, disse que algumas me deixavam nervoso, ora se dizia a mesma coisa várias vezes, ora se discutia detalhes irrelevantes, eu não suportava aquilo. Ele riu e disse: tudo bem. O trabalho final ficou bom, é isso que importa. Nos despedimos com um abraço caloroso e parti para o departamento pessoal, que ficava num escritório da emissora, no centro do Rio.

No caminho encontrei Antero. Ele elogiou efusivamente meu trabalho, disse que provavelmente eu ia ser chamado para outra novela. Perguntei como ele sabia disso. Ele disse que ainda tinha muitos amigos na emissora, afinal, tinha trabalhado lá por mais de dez anos. Depois acrescentou: a forma como você matou Rigolé foi genial. Duvido que o próprio autor teria feito melhor. E as últimas palavras, puxa vida, as últimas palavras foram dignas de um clássico. Eu não me lembrava das últimas palavras. Fiquei sinceramente feliz. Continuava não gostando de novela, mas me sentia bem por ter feito um bom trabalho.

Foi então que aconteceu algo realmente imprevisto e perigoso. Senti uma enorme vontade de chamar Antero para um bar e lhe contar tudo que tinha acontecido naquelas últimas semanas. Contar que Rodinei me procurou, que fiz amor com uma amiga dele, depois ele me chantageou, ameaçou meu casamento e toda aquela miséria. Mas consegui me conter, e não falei nada. Disse simplesmente que eu precisava passar no escritório da empresa e talvez pudéssemos conversar no dia seguinte ou no final de semana. Acrescentei que eu já tinha a data do casamento e queria muito que ele fosse. Anotei o endereço dele, para mandar o convite, e fiz menção de me despedir. Fico muito feliz, ele disse. Espero que seu casamento dure um pouco mais que o meu. Então explodimos numa gargalhada deliciosa, e eu senti, intimamente, que meu casamento não ia acontecer. Melissa ia ter muitas chances para encontrar um advogado aprumadinho que sai de casa cedo e paga as contas em dia, e eu talvez ia perder meu tempo em busca de uma atriz ou de uma escritora que achasse meu trabalho "fascinante", que entendesse que a arte é um complemento necessário à vida, sem a qual esta se tornaria puramente mecânica ou mera barbárie. Peguei um táxi para o escritório da empresa. Notei que o céu estava maravilhoso. Pensei que Melissa não pertencia mais a esse céu, nenhuma alegria que senti nos últimos meses vinha dela. Então comecei a torcer para que Rigolé entregasse o vídeo, e o universo avançasse os fatos.

19.

Naquela noite eu disse à Melissa que estava livre da emissora. Meu trabalho na novela tinha acabado. Ela perguntou se eu tinha outro emprego em vista. Eu disse que talvez fosse começar um livro. Ela perguntou se eu tinha contrato com alguma editora, eu apenas ri. Fui para a cama e esperei ela chegar. Ela se trocou no banheiro, não falou nada sobre vídeo, me deu o tradicional beijinho de boa noite e virou para o lado. Comecei a achar que Rodinei não tinha entregado o vídeo. Talvez ele tivesse refletido melhor e concluído que não valia a pena ter um inimigo na empresa. Talvez ele não soubesse que eu ia sair da empresa logo depois da morte do seu personagem.

No dia seguinte andei sem compromisso pelo Rio, tomei um sorvete, passeei pelo calçadão de Copacabana, almocei num shopping. Se eu encontrasse Rodinei, ia dizer que a minha mulher não ligou para o vídeo, que eu disse que era uma garota de programa, era tipo uma despedida de solteiro, e ela disse que não tinha problema, sabia que os homens eram assim, não esperava nada muito diferente de mim. Mas eu sabia que não ia encontrar Rodinei. Atores famosos escolhem certos nichos para frequentar, não ficam perambulando pela cidade.

De noite passei num bar, bebi uma dose de tequila e fui para casa. Melissa chegou e mais uma vez não disse palavra sobre o vídeo. Eu disse que estava pensando em ir para Minas, para conversar com meus pais sobre o dia do casamento, quem a gente ia convidar e essa coisa toda. Ela disse que tudo bem e foi se deitar. Quando eu cheguei na cama, senti vontade de abraçá-la, de beijá-la, só para ver a reação dela, e de fato passei o braço por cima dela, mas ela disse: hoje não, amor. Aconteceu tanta coisa. Está tudo bem na faculdade?, eu perguntei. Tudo bem, apenas muito trabalho.

Os dias seguintes foram praticamente iguais. Eu me perguntava se ela tinha visto o vídeo e preferia não falar nada, preferia deixar o casamento rolar, ou se Rodinei acabou não entregando o vídeo, com medo de ter inimigos na empresa. Essa dúvida rodou na minha cabeça por um tempo, depois eu mesmo a esqueci, achando que não valia a pena pensar no assunto. Se a própria Melissa preferia agir como se nada tivesse acontecido, eu também era capaz disso, até melhor que ela, pois tenho uma habilidade incrível para pensar nas minhas fantasias e deixar a realidade de lado.

20.

Numa sexta-feira, eu fui para Minas. No sábado à noite, meu pai jantou na sala para ver a novela. Minha mãe disse que ele adorava, não perdia um capítulo, e me deu vontade de contar tudo. Mas eu tinha chegado a um ponto em que isso não tinha mais graça. Talvez eles nem acreditassem, pois, como todo mundo, eles nunca tinham ouvido falar que a novela tinha mais de um redator. Iam achar que aquilo era a mentira de um menino do interior que tinha vergonha de dizer que trabalhava num empreguinho medíocre, sem nada de especial. Falamos apenas no meu casamento, e quando fui dormir, fiquei com a sensação de que eu estava representando uma peça de teatro. Meu casamento era a coisa que menos importava para mim, e, no entanto, a única coisa que eu podia comentar com eles. Todas as aventuras, todas as tensões que eu tinha vivido nas últimas semanas, eu tinha que guardar apenas para mim. Talvez isso seja crescer: ter um universo tão próprio que nem seus pais caberiam nele.

No dia seguinte, falei para a minha mãe quem eu queria que ela convidasse. Eram amigos de infância que eu não via há muito tempo. Talvez eles nem lembrassem de mim. Fiz no Google Maps uma pequena imagem com o mapa da igreja. Disse para a minha mãe passar aquela imagem para o pessoal da gráfica, eles saberiam colocá-la no convite. Depois disso tive que ouvir um disparate. Minha mãe perguntou: filho, você entende tanto de computador, por que você não quis trabalhar nessa área? O que é isso, mãe? Por que essa pergunta agora? Estou muito feliz no meu emprego, não pretendo mudar. Ela acrescentou: mas você está ganhando direitinho? Mãe, eu ganho o bastante para dividir um apartamento com Melissa, em Copacabana, um dos bairros mais caros do Rio. Isso é razoável, você não acha? Não sei, ela disse. Não sei nada sobre o Rio, nunca quis morar lá. Aquela cidade é um formigueiro para mim.

Eu ri um pouco e disse para ela não se preocupar. Eu estava bem.

No domingo fui para a rodoviária. No ônibus fui pensando em tudo que havia acontecido. O mais engraçado era a inocência de Rodinei. Ele achou que eu cederia àquela chantagem idiota. Deve ter pensado que eu ainda era tipo um jovem estudante, tremendamente apaixonado pela noiva. Ele era realmente um homem ingênuo, educado pelo cinema e movido pelo desespero. Fui pensando nessas coisas e peguei no sono.

21.

Quando cheguei em casa, notei que alguma coisa estava errada. Não vi a luminária da sala. Pensei que o apartamento tivesse sido arrombado. Corri para o quarto e percebi o que tinha acontecido. Melissa tinha tirado suas roupas do armário. A mesa de trabalho dela também tinha sido levada. Em cima da cama havia um bilhete sumário.

Rodrigo,
não consegui suportar.
Fique com a outra.
Você vai ser mais feliz com ela.

Senti um alívio tão grande que chorei. Chorei talvez de tristeza, porque sabia que Melissa estava triste. O casamento significava muito para ela. Era o que ela esperava da vida. Mas também chorei de alegria, por saber que eu não ia viver um casamento de mentira. Eu estava livre para procurar uma mulher que combinasse comigo, e Melissa poderia fazer o mesmo. Depois de tudo que passamos, depois da sincera alegria dos primeiros anos, era o melhor que podia nos acontecer. Pedi pitsa[8] com cerveja pelo telefone e me fartei. Depois fui ver um filme romântico que já significou muito para mim, e descobri, surpreso, que ele agora não significava nada. O feitiço tinha acabado. O amor tinha desaparecido. Eu estava novamente vazio, para um novo amor ou talvez para sempre.

---

8   Grafia recomendada pelo autor.

22.

No dia seguinte começou minha aventura desastrosa em busca de um apartamento. Tijuca, Rio Comprido, Vila Isabel, Engenho Novo, fui vasculhando a zona norte em busca de um quarto-e-sala arrumadinho, sabendo que o aluguel seria pelo menos três vezes menor. O problema às vezes era o acabamento interno, piso de cerâmica, até no quarto. Às vezes faltava lugar para o condicionador de ar, artigo de suma importância no Rio. Às vezes faltava até a duchinha higiênica no banheiro. Sem falar que as ruas eram muito barulhentas, coisa que praticamente inviabilizava meu trabalho.

Um dia, depois de visitar mais um apartamento barulhento, com um banheiro minúsculo, e vista para um galpão industrial, meu telefone tocou. O cara se apresentou como Bruno Jazon, da TV Revel. Disse que ia coordenar o texto de uma novela e queria fazer uma entrevista comigo. Marcamos no escritório central da emissora, um lugar tipicamente empresarial, cheio de divisórias de compensado, com pessoas trabalhando dentro de salas minúsculas, bastante desagradável.

Quando sentamos para conversar, ele queria saber se, no meu trabalho anterior, algum ator tinha me procurado para estender seu tempo de tela. Eu disse que não. Ele perguntou: e essa garota, a Bárbara Telma? Deduzi que se tratava da atriz que fez a amante de Rigolé. Eu disse: não cheguei a conhecê-la, nunca troquei uma palavra com ela. Ele disse que estava ótimo, e marcou uma nova reunião, num flat em Ipanema. Depois de três semanas infrutíferas procurando apartamento na zona norte, voltei para casa pensando que meu sonho de escrever um livro ia ter que esperar.

23.

Na semana seguinte, estive no flat de Ipanema. Recebi meus personagens e seus principais acontecimentos. O coordenador frisou que minha responsabilidade agora seria maior. Eu ficaria com um empresário de classe alta, casado, que tinha se envolvido com uma de suas secretárias. A garota, por sua vez, era uma jovem bonita, mas sem formação, sem competência, que precisava usar seus dotes femininos para se manter no cargo. Mais um triângulo amoroso, pensei, com enfado. Mas no final do relatório havia o nome dos atores, e a jovem atriz se chamava Amanda Steffano. Ao ler esse nome minha cabeça disparou. Imaginei que era a Amanda, a amiga de Rodinei, que tinha sido o prazer e a tormenta das minhas últimas semanas. Considerei que dentro de dois ou três meses ela estaria me procurando para pedir mais tempo de tela. Com um pouco de imaginação eu poderia inventar motivos para lhe dar mais tempo de tela, em troca de noites voluptuosas como a que tivemos no seu apartamento. Agora não havia uma esposa para deixar minha cabeça cheia de culpa e meu coração cheio de remorso. Agora não havia um Rodinei para usar sua amiga como moeda de troca. Ela usaria a si mesma, o que seria mais honesto e menos perigoso. Fui para casa pensando em começar os diálogos no dia seguinte. Aquele dia seria meu. Eu queria sonhar.

    De noite, para variar, fiz uma coisa que eu nunca tinha feito. Liguei a televisão no canal da novela. Por coincidência, era o dia da morte de Rigolé. Assisti a tudo com máxima atenção. Vi ele chegar na casa da amante, vi o outro ator se vestindo e pegando a arma, vi ele correndo pela rua. Por fim, vi ele pronunciando suas últimas palavras:

Eu não estou morrendo.
Não mereço isso.

FONTE Adobe Garamond Pro
PAPEL Pólen Natural 80 g/m²
IMPRESSÃO Meta